文芸社セレクション

安楽死と言わないで

独好 自然

DOKKO Shizen

文芸社

もくじ

安楽死と言わないで

1　生い立ち

私が、ＡＬＳ（筋萎縮性側索硬化症）という病気を知ったのは、三十代の後半になってからだ。それまでは、病気といえば風邪ぐらいのものだった。これから、その病気と闘う話をする前に、それまでの生い立ちを書いておこう。

私が生まれたのは、一九七一年の春だった。幼い頃は、お茶目で元気いっぱいの天真爛漫な女の子だったそうだ。その当時、両親からは男の子みたいと言われていた。大きな病気もせず健康優良児だったのだ。母によると、産まれた時の体重は、女の子の中では大きめだったそうだ。母乳をよく飲みよく眠り、夜泣きもせず、育てやすかったとのこと。そして何でも食べ好き嫌いなく順調に育ち、定期健診ではいつでも身長や体重ともに平均以上。歩行も平均より一ヶ月ほど早かったらしい。

好奇心が旺盛で、どこへ行ってもちょっと目を離した隙にいなくなって、探し回ることが度々あったようだ。

そして、怖がることなく高い所に登ったり、そこから飛び下りたりすることがあった。すべり台やブランコそして砂場を見つけると、そこへ一目散に走ったり、広場では、思い切り走り回って転んだりして、体中が生傷だらけだったとのこと。

何をするにも一生懸命で、思い切りがよかった。生来、左ききだったが、文字を書く手とお箸を持つ手は矯正したそうだ。

三歳位になると好みがはっきりとしてきて、服装については母が買ってきたり他の人にプレゼントされたりしても、自分の好みに合わないと、その服に袖を通すことはなかったらしい。また、おもちゃを片付ける際にはこだわりがあって、母が片付けても、全部取り出して最初から片付け直し、その理由をちゃんと説明して、自分の意志や考え方をはっきりと話せる力があったそうだ。

　五歳頃になると、近所の子供達が色んな習い事をしていると母が言って、ピアノや日本舞踊などを始めさせたが、ピアノ以外は長続きしなかった。それは父がポピュラーやクラシック音楽に趣味をもち、レコードをよく聴いていたのを私も聴いて、好きになったせいかもしれない。ピアノは中学まで続いた。そのお陰で音感がよく歌が上手だった。

　運動神経も抜群で、中でも走るのが得意だった。負けず嫌いで、幼稚園の「かけっこ」ではいつも一番だった。

　小学生になると、父の教えもあったが、几帳面で生真面目な私は、学級で課せられる仕事、日直、掃除、副級長などを丁寧にきちんとこなした。運動会では人気者で、リレーの選手として選ばれ、小学校の対抗リレーに出場したこともあった。

　勉強は理系頭脳であり、算数、理科が得意だった。音楽、体育も得意で、残りの教科も上位だった。

　中学生になると、何事にも積極的で行動力に磨きがかかった。勉学では新しく英語の教科が増え苦手だったが、一生懸命勉学に励んだことで成績は上位にランクされていた。教師やクラス仲間から秀才と言われていたが、私は秀才ではなく努力家だと思っていた。

2　高校受験

中学三年になると、担任の先生と母と私の三人の三者面談があった。先生から、

「京都の公立高等学校は区域制になっていて、普通科はM高等学校、商業科はS商業高等学校、工業科はF工業高等学校、農業科は普通科もあるK高等学校に分かれています」

そして、「大学へ進学されるのなら、普通科のM高校へ行かれるといいでしょう」。

母が、「万が一不合格になると大変なので、私学と併願したいのです

が…」。

すると先生は、「娘さんの成績なら大丈夫ですよ…どうしてもというなら、H女学院、N女学院などがあります」。

私は、「頑張るから大丈夫よ」と強く言った。

しかし、母の併願を希望する気持ちは変わらなかった。

そして翌年二月にH女学院を受験し、三月にはM高校を受験した。

しばらくして、H女学院の合格通知が届き、入学する証としての入学金の支払い期日は、M高校の合格発表日の前だった。母は安全のために支払うと言ったが、M高校に合格してから断れば、そのお金は返ってこないという理不尽さを思うと、私にはどうしても同意できなかったし、M高校の合格に自信もあり、猛然と反対した。結局、入学金が支払われることはなかった。

それから数日後、M高校の合格が担任から伝えられた。

そして職員室へ呼ばれ、担任の先生から、

「君は優秀だから、高校でも勉学に励んで、やりたい仕事を見つけ、その目標をもって大学に進めばいい、頑張りなさい」

というお言葉を頂いた。

母はたいそう喜んで、用意していた入学金を使わなかったこともあり、何かプレゼントしたいが欲しいものはないかと聞かれ、頭に色々浮かんだが断った。しかし、どうしてもという母の願いで、通学カバンを買ってもらった。

数日後の日曜日に、父から書斎に来るように言われた。父はR大学の論理学の教授だった。そのせいか何事にも厳しく、厳格な人で、人間はこうあるべきだという信念と持論があった。私は、子供の頃から厳しく育てられ、父の事は尊敬していたが、やや苦手だった。そのため、父とはあまり話をしたことはなかった。

父の書斎へ向かった。父は笑顔で迎えてくれた。

「裕子、よく頑張ったね、合格おめでとう」

この時、私は父の優しさに触れた思いがして、何やら嬉しかった。私も笑顔で「有難う」と言うと、父は、うんうんと頷いて笑った。

そして紙袋を差し出して「合格祝いだ」と言って私に手渡してから、「中を見てごらん…時計と万年筆が入っているよ」と笑った。

「有難う」と私も笑顔で答えた。

「今日は、君に話しておきたいことがあるんだ。それは、高校に合格したばかりで早いかもしれないが、やりたい仕事はあるの？」

「まだ、はっきりとは…」

と言うと、父は真剣な顔になって、

「男は当然だが女も、学んで誰でもできる仕事ではなく、自分しかできないようなスペシャリストと呼ばれる仕事を考えるといいよ。それには大学、学部を選ばないとだめだ。今からその目標に向かって高校の勉学に励み、大学を目指すといい」

私は黙って頷いた。

3　『二十歳の原点』

「お母さんから聞いたが、気になる本があるんだって…それは何だね？」

　高校の入学式前の春休みに、掃除を手伝って父の書斎に入った時に見つけた本のことを、母に話したのだ。

「あっ！　それは高野悦子さんの『二十歳の原点』という本です」

　すると父はちょっと驚いて、

「えっ…その本は、私が大学院生の頃に買ったベストセラーの本…それは…」

　と言って黙ってしまった。私は何だろうと思って「どうしたの？」と言うと、しばらく間をおいてから、

「裕子には、少し早いかなあ…あれは二十歳で自殺した高野悦子さんの日記を本にしたものなんだ…まだ理解できないかもしれないが、読んで

みるといい」

と言って、父は奥の本棚から取り出して、私に手渡した。

「理解できない箇所があったら聞きに来ればいい、その当時、私は高野さんと同じ大学の院生だった…当時の生き証人だから…」

と付け加えたのだった。

私は部屋に戻り、その本にさらっと目を通した。

それは、高野さんの二十歳の誕生日の一月二日から自殺した日の前々日の六月二十四日までの日記だった。日記であるため包み隠さず、日々の出来事や心の内面の想いが、手にとるように伝わってきた。

ただ、一度読んだだけでは十五歳の私には理解できない部分があった。それだけではなく、私にとって聞き慣れない言葉が沢山あった。

父に尋ねようと、箇条書きにしてみた。

（一）学生運動について

①学生運動とは
②民青とは
③全学連とは
④六十年安保闘争とか七十年安保闘争とは

（二）心に響いた言葉（これらは、私の人生観の柱となる）

①（本のタイトルの由来にもなっている）独りであること、未熟であること、これが私の原点。人間は誰でも、独り生きなければならないと同時にみんなと生きなければならない。私は「みんなと生きる」ということが良くわからない。

②私は慣らされた人間ではなく、創造する人間になりたい。「高野悦子」自身になりたい。テレビ、新聞、週刊誌、雑誌、あらゆるものが慣らされる人間にしようとする。私は、自分の意思で決定したことをやり、あらゆるものにぶつかって必死にもがき、歌をうたい、下手でも絵をかき、泣いたり、笑ったり、悲しんだりす

ることの出来る人間になりたい。
③あまりに理性とか合理性を中心にしすぎるのではないか。何かわからないもやもやした気持ちとか、ワーッとしそうな気持ちとか、低く高くうねり狂ったりする感情があるのが本当ではないか。この燃焼は不合理なものではないのか。
④人間は完全なる存在ではないのだ。不完全さをいつも背負っている。人間の存在価値は完全であることにあるのではなく、不完全さを克服しようとするところにあるのだ。
⑤人間は未熟なのである。個々の人間のもつ不完全さはいろいろあるにしても、人間がその不完全さを克服しようとする時点では、それぞれの人間は同じ価値をもつ。

など、書き留めたレポート用紙の数枚を父に渡しておいた。
すると、次の日曜日に父に呼ばれた。部屋に入るとすぐに、

「早く読んだんだね」と笑顔で言われた。

「読んだ…というのか、彼女の言葉を借りれば、未熟な私ではほとんど真意は理解できないです」

「いや！　それでいいんだよ。これからの君の人生で、つまずいたり悩んだりした時に、何度でも読み返せばいい…あの本は君にプレゼントしよう」

「有難う」

4　学生運動

「それじゃ、最初の（一）についての質問の説明をしよう」

と言って、しばらく目を閉じてから、

「まだ裕子には難しいだろうから、まずは言葉の定義から説明しよう。
①の学生運動とは、学生が主体になって学生生活や政治に対して組織

的に行う運動だ。

②の民青とは、日本民主青年同盟の略で日本共産党の下部組織のことだ。高校生や大学生そして労働者など十五歳から二十五歳までの青年が参加する、自主的な全国組織だ。

③の全学連とは、日本共産党系の全日本学生自治会総連合のことを略したもので、彼らは安保条約を破棄し、中立の日本を造ろうとしていたんだ。

④の六十年安保闘争と七十年安保闘争の、学生運動の違いを説明しよう。六十年安保闘争の全学連は、民青系でワンセクトというか一枚岩だった。そして、ヘルメットやゲバ棒もなく穏やかなデモだった。

七十年安保闘争も最初は一枚岩だった。ところが、日本共産党がスターリン批判をしたことで、全学連や民青を脱退した、急進派学生が結成した共産主義者同盟（ブント）が主導する、全学共闘会議（全共闘）は『安保を倒すか、ブントが倒れるか』を掲げ、総力を挙げて反安保闘争に取り組んだ。このことで民青を日共系、全共闘を反日共系という。こうして日本共産党は『極左冒険主義の全学連（トロツキスト集団）』を批判した。

これに対し批判された当の全学連は、既成政党の穏健なデモを『お焼香デモ』と非難したんだ。そして、全学連は更に少しの主義、主張の違いなどから分裂したんだ。そして、左翼の分裂や暴力的な闘争、各セクト集団間で抗争が激化し、運動は大衆や知識人そして一般学生の支持を失うことになった。

そして、学生運動は政府に対する安保闘争だけでなく、学校に対する学園闘争（学園紛争）でもあったんだよ。

この詳細や我が大学の学園紛争の詳細などについての説明は長くなるので、またの機会に詳しく話そう」

父はレポート用紙を手に取って、私が書き出した言葉に目を通しながら、

「次は（二）の説明だね…これは、君が心惹かれた名言を書き出したものなのか…」

と言ってひと通り読み、しばらく考えてから、

「久しぶりに読んで…この本と出合った若い頃を思い出したよ…彼女は真面目で、心の想いを素直に書く文才があったのだろう…若者の気持ちがよく表現されていた。

その頃の私には、理解できない箇所があった。しかし、年を経てその真意が理解できるようになった。今の君には理解できない箇所があるだろうが、事ある毎に、何度も読み返せばいい…どうしてもという時は、私に聞きに来ればいい…その時は、大いに話し合おう」

と言って、お茶を飲んだ。

「有難う」と言って、私は書斎を後にした。

5　高校

高校の入学式を終え、早速、数学と物理の新しい教科書の紙の匂いを楽しみながら、サラッと目を通してみると、中学時代と比べて難易度が、二ステップも難しくなった気がした。中学の先生から、

「高校は中学で習った応用だから、中学で基礎をしっかり勉強しておけば簡単だ」

と言われていたが、これは腰を据えて勉強しなければと思った。

私が常々思っているのは、私も含め大多数の人は努力しないと、秀才と呼ばれる人にはなれないのだ。

ところが、天才と呼ばれる少数の人がいる。天才は教科書を一度読むだけで、内容及び説明のプロセスを自分なりに理解し、整理整頓して脳に書き込み保存し、いつでもそれらを取り出し、組み立てし直すことが

出来るのだろう。

二学期になり、席替えがあった。隣の席になった村田という男子生徒に驚いた。それは、どの授業でも、机には教科書しか置いておらず、ノートがなかったのだ。よく観察すると、黒板に書かれたものは、時々教科書に書き込んでいた。

後日、村田君と同じ中学校出身で、彼をよく知る女子生徒の山本さんに、この前の話をしたところ、そのスタンスは中学生時代と変わっていないそうだ。

新学期前に、すべての教科書を最初から最後まで目を通し、新しい単語は辞書で調べ、読みや発音そして意味を記憶するのだ。日々、教科の予習はせず、復習は授業で済ませ、自宅では宿題だけで、学校の教科の勉強はしない。そして、自宅では友達と遊ぶ以外、好きな本を読んで過ごすそうだ。それでも、中間テストや期末テストの得点はいつもトップクラスとのこと。

彼と比べて私は、日々、予習や復習そして宿題に追われ、中間テストや期末テストの前には、教科書やノートの読み直しに時間を費やして、やっと成績が上位に食い込んでいる有様で、村田君みたいな人を天才と呼ぶのだろうと、ぼんやり思っていた。

二年生の二学期に、物理の授業が終わった後、先生に呼ばれた。

「君の物理の成績は目を見張るものがあるが…大学は理学部を目指すつもりなのかな?」

「はい」

「ところで、物理学にも色々あるが、君はどれに興味があるの? 私は宇宙物理学だが」

「すべての物質を突き詰めれば、素粒子で構成されています。その素粒子に興味があります」

「それは量子力学の分野だね…私は力及ばず、京大ではないのだが、また京大の大学院に編入もしなかったので、教師をしながら宇宙物理学を趣味として勉強しているんだ…君なら京大に入学し、大学院へ進めば研究室に入れるよ」

「いえ、私は一般企業で、スペシャリストと呼ばれる仕事をやりたいんです」

「残念だね」

と言って、私の肩をポンと叩いて、先生は去っていった。

6 入試

三学期になって、担任の先生と面談があった。

「三年生になったら、進学か就職か、大学進学なら受験する学部別にクラスを編成するんだ。理系クラスは、理学部や工学部そして医学部を目指す者、その他は文学部や経済学部そして農学部など、更に理系は、国公立と私立とで分け二クラスとなる」

「どうして二クラスなんです？」

「京都大学と京都医科大学そして京都府立大学などの国公立の入試科目は五教科で、Ｄ大学やＲ大学などの私立は三教科だからね」

「はい？　…」

　私は先生の説明の意味がよく解らなかった。

「ところで、君は物理と数学が得意で他教科も優秀だから、理系の国公立クラスだね？」

「はい、一応そのつもりです」

「はい、決まった…頑張って」

　と言って笑った。

　三年生の新学期に学校へ行くと、私は一組で担任は物理の先生だった。女子生徒は私を入れて十人で、四十人以上が男子生徒だった。周りを見渡すと、二年の時に同じクラスだった村田君の姿があり、他に噂の天才が数人いた。更に、私が思う天才に近い秀才が勢ぞろいしていて、私のように天才でも秀才でもなく努力だけの者にとって、場違いに感じた。

一学期が終わる頃に気づいたのは、このクラスは非常に静かだということだった。先生が問題を投げかけた時に、誰一人として挙手をしないのだ。それは答えが分からない訳ではなく、先生が指名すると的確に答えるのである。

そのため、私は授業中の先生の話で質問したいことがあるときは、職員室まで押しかけた。そうすることで、先生と一対一の話ができ理解が深まった。そして、職員の間では私を「先生の追っかけさん」と評判になった。このクラスの天才や天才に近い秀才に勝てるはずはないが、私は負けず嫌いと努力で、彼らに付いていこうと頑張った。

夏休みには、得意科目の物理と数学の問題集の七〇〇題を、完璧に解けるまで何度も繰り返した。この問題集の応用なら、完全に解ける自信を持てた。

二学期になって、五教科めを人文地理と決めた。そして、担任の先生

との面談があった。それは大学と受験学部の選定の話だった。先生から、

「二年生の時に話した、量子力学を学びたいのなら、理学部だね？」

「その通りです」

と答えると、先生は更に続けた。

「君のやりたい仕事は、大学院に進んで量子力学の研究を極めるのではなく、一般企業でスペシャリストとして働きたい、と言っていただろう…」

「はい」

「それだったら、君の得意な物理や数学を生かせて、後は創造力があれば出来る仕事があるよ」

「それは何ですか？」

と、私は目を輝かせて尋ねた。

「アメリカが国勢調査のために開発したコンピューターを利用して、事務の合理化を日本全国の企業が検討し始めているんだ。もちろん、コン

ピューターも開発途上だが…このコンピューターを使うには機械語という言語が必要となる。

また一方で、人力の部分とコンピューターの部分を区分けして、コンピューターができる部分をシステム化して、その手順をプログラム化する設計書が必要となる。このシステム設計書を作成する仕事を担当する人をシステムエンジニアと呼ぶんだ。

君はこの仕事が出来る能力は十分にあるだろう。そして、この仕事は誰でもできるものじゃない。スペシャリストと呼ばれるのに相応しいと思うよ」

と先生は丁寧に話してから最後に、

「君にはピッタリだと思うよ。考えるといい……」と締めくくった。

私はシステムエンジニアという言葉を初めて聞いたが、やってみたいと思った。

「よく考えてみます。有難うございました」

「大学に入学してから考えるといい」

と言って、先生は私の肩をポンポンと叩いた。

冬休みになってから父に呼ばれた。書斎に入るなり父は、

「どうだ、やりたい仕事は決まったかい？」

と私の顔を覗き込んで聞いた。私は担任の先生との話を伝えて、

「システムエンジニアはどうかと考えているの」

父は笑顔になって、

「それは、賢明だと思うよ、大学ではコンピューターの導入を検討しているそうだ。最近、企業では、コンピューターの利用は必須だと考えているようだ。まさに時流に乗るというのか、いずれスペシャリストとして、システムエンジニアは引っ張りだこになるだろう」

と頷いた。そして続けた。

「受験する大学と学部はどうするんだい？」

「予定通り、京都大学の理学部です」

するとと父はしばらく考えてから、

「一生懸命に勉強している君には、話しづらいんだが…京大はいや東大も、そこに入学する者は、全国各地で天才と呼ばれる者には相応しい。だが君は天才ではないだろう、コツコツ勉強して彼らに並んでいる秀才だ。そして、天才は大学院へ進み、学問の研究者や教授になればいいと思うが、君は民間企業に勤める訳だから、京大に入って勉学に追われるのではなく、四年間の大学生活を勉学だけでなく、部活や色んな経験をして、楽しんで人間形成に役立ててほしいんだ」

「えっ！」

「私が教鞭をとっているR大学理工学部の数学物理学科を受験すればいい」

「……」

私は言いたいことがあったが黙っていた。それは父の言うことに一理あると感じたからだ。

三学期になって三年の担任の先生との最終の面談で、京大の理学部の受験をやめR大学の理工学部にすることを伝えると、先生は驚いて、「君の成績なら、京大に合格できるだろう」と残念がって何度も勧められたが、私の意志は変わらなかった。

二月に入学試験が行われたが、得意科目と英語の三教科なので楽だった。

7　大学

三月に地元の新聞の朝刊で合格を知り、入学の案内が送られてきた。春休みに早速、コンピューターの本を三冊ほど購入した。

新しく知ったのは、大型コンピューターの言語は世界共通で、事務用はコボル、そして科学計算用はフォートランの二種で、機械語を学ぶにはアッセンブラーがいいと分かった。システマーがプログラマーに渡す、手順表のフローチャートの書き方を知った。

更にコンピューターのことを学ぶために、四月からコンピューター学院で、半年間学ぶことを決めた。そこの学院に設置されていた、コンピューターは富士通製でＦＡＣＯＭ《ファコム》２３０《ニイサンマル》―１０《テン》の初期のものだった。

大学に入学して、オリエンテーションで驚いた。自由が満ち溢れていて、自主性が重んじられ、すべて自分で考え判断して、大学生活のスケジュールを作り上げているのだ。こんな楽しいことはなかった。

一回生の九月には高野さんのようにワンダーフォーゲル部に入部して、日本各地の四季折々の野山を歩き、自然と触れ合い心豊かになり、そして、ユースホステルや山小屋に宿泊して、部員だけでなく色んな人達と出会い、楽しくまた真剣に語らい、高野さんの時代と違って、平安で自由で笑い声溢れる、明るい学園で学問を学び、学友達とコンパを楽しみ、喫茶店で人生などを語らい、楽しく四年間を過ごした。

四回生の九月になり、コンピューターを開発し製作している電機メーカーへの就職を、どこにしようかを決めかねて、学生課へ行き求人情報や会社の情報を調べ、F通、N電気、H製作所、Z電気の四社に絞り会社訪問をした。そして、会社の歴史は浅いが、新進のZ電気の入社試験を受けることにした。面接で、事務職ではなくシステムエンジニアの仕事を希望する、と話しておいた。やがて、採用の内定の連絡があった。

Z電気に内定した事を父に話すと、父は大層喜んで、

「本当におめでとう…これで裕子は社会人になるんだね…嬉しいよ」

と言い、うんうんと頷いた。

「有難う」

「そうだ、お祝いに通勤服を新調すればいい…お母さんに話しておくよ」

と最高の笑顔で言った。

8　入社

四月一日になって、東京本社での入社式に出席した。そして、研修所で一ヶ月に渡り新人研修を受けた。この研修中に、Z電気のコンピューター製造工場の見学があった。製造現場には入れないが、ガラス越しの見学である。そして、コンピューターが陳列されているフロアに案内され、初めてZ電気の大型汎用コンピューターと出会った。

フロアの真ん中には、ＣＰＵ（中央制御処理装置）があり、それをコントロールする一五インチのＣＲＴ（画面）とキーボード、そしてプリンターがセットされたコンソールと呼ばれる機器やカード読み取り装置やラインプリンターがあった。そして傍には、一五インチのＣＲＴとキーボードそしてプリンターがセットされたワークステーションと呼ばれる機器が二台あった。これらはすべて本体とインラインで結ばれているのだ。

この新人研修会で、気心が知れた数人と出会った。まだ配属先が決まっていないので、

「配属先で出会ったらよろしくお願いします」と言って、別れた。

私はこの新人研修が終わり、面接の時に「京都から通勤できる関西圏での勤務」を希望していたので、京都へ戻れると思っていたのだが、更に二ヶ月の研修が待っていた。

それは私の、システムエンジニアになりたい、との意を汲んでシステマーやプログラマーを含む、システム開発の基礎知識の為の研修会参加だった。当日、集まった研修生の中で女性は私一人の紅一点だ。他は男性ばかりで、新人とシステム部に異動が決まった人達だった。

この二ヶ月余りの研修は、あっという間に楽しく過ぎて、あと三日という日にワークステーションが並ぶ部屋に案内された。そこで、一台のワークステーションに三人がかりで、今まで習った例題の業務のシステ

ムフローチャート作成と、コボル言語でのコーディング作成、そしてそれをワークステーションに入力し、ソースプログラムからオブジェクトプログラムにコンパイルして、出来上がったオブジェクトプログラムを使って、実際に運用してみる研修だった。

そして、先生は黒板にコボルの基本型の書き方（万国共通）を書き始めた。私はあることを思いついて、意を決して先生の傍へ向かった。

「先生！　山中ですが…」と言うと、ちょっと驚いた様子で私を見て、

「はい…」

「私、実はオセロが大好きで…」

先生は怪訝な顔をして、

「オセロ？」

「大学時代に、独学でオセロゲームのシステムフローチャートを書き、それをコボル言語でコーディングしたんです…今日、このチャンスにコンパイルしたいんです…いいでしょうか？」

とコーディングしたレポート用紙を見せて一気に話すと、先生は私をまじまじと見て、

「山中さんだね！　人事部から聞いているよ…理系頭脳で秀才だそうだね…それにシステムエンジニアになろうとする熱意はすごいそうですね」

「いいでしょうか？」

「いいですよ…あなたに一台のワークステーションを用意しましょう」

「有難うございます」

こうして、私は一台のワークステーションを一人で独占できた。早速、コーディングしたレポート用紙を見ながら、入力し始めた。そして、ステップ数が多いうえに、慣れないキーの入力は大変だったが、その日の一日で終わった。

二日目、他の人達はやっとコーディングが終わり、入力が始まっていた。それを私は横目で見ながらコンパイルを始めた。あれだけ注意して入力したのに、エラーリストにエラーが行ナンバー毎にプリントされて

いた。プリントアウトされたリストを見ながら修正して、それを二、三度繰り返し、やっとオブジェクトプログラムが完成した。

そして、プログラムのある部分の数字を直し、三本のプログラム「OSERO1＝初心者用、OSERO2＝中級者用、OSERO3＝上級者用」を作った。

プログラムが完成したことを先生に伝えると、先生がやってきて、

「僕はオセロゲームに自信あるよ」

と言うので、私は黙って上級者用のOSERO3をロードし、画面を開いた。

先生が椅子に座ったところで、

「人間は○で、コンピューターは黒マルの代わりに×で表示しています

…先手でどうぞ」

「これはどうやって入力するんだ？」

「すいません…入力する場所の座標を画面の右横に表示しています。横

の行数と縦の行数を入力して、ＯＫならＴＡＢを押して下さい」

「なるほど」と言って、先生は始めた。

「コンピューターはなかなかやるね…うーん…」

とぶつぶつ言いながら、画面とにらめっこしていた。その後、黙々と
やっていたが、

「ダメだ！」と言って、立ち上がり、

「後半になると強いんだね…あっという間に逆転されたよ…これはすご
い…何か工夫があるのかね？」

「はい。コンピューターに、どこへ置けばいいのかとか、だめだとかを
教えてあるんです」

「ＡＩみたいなのか？」

「これがＡＩの基本です」

「なるほどね…例題は必ずやって下さい」

「分かりました…早速」

と言って、半日で作り上げると、

「驚いたね…システム設計の能力は素晴らしい。更にプログラミングもできるなんて…」

と言って先生は笑った。

9　システムエンジニア

研修が終わって、翌朝に、本社へ向かうバスの乗り場で、例の先生が待っていて、

「この前のオセロは強かったね…君のことは本社に報告しておいたよ…予想以上だったとね…頑張って」

「有難うございます」と言って、バスに乗り込んだ。

本社へ着くと、受付の女性から、すぐにシステム部に行くように言われた。受付の女性に案内されシステム部に行くと、部屋の前で面接で見

かけた人事課長が待っていた。

「君の評判を聞いたよ」と言いながら部長室へ案内された。

部長室に入ると、システム部長とシステム課長の二人がソファーに並んで座っていた。

私に気が付くと、二人はすぐに立ち上がった。人事課長がシステム部長に、漆塗りの黒いお盆に入った辞令を渡すと、私は部長に呼ばれた。会釈して部長の前に進み出ると、

「山中さん。七月一日付で大阪支店のシステム課勤務を申し渡す」

と微笑んで辞令内容を述べ、その辞令を手渡しながら、

「女性のＳＥ（システムエンジニア）は貴重だ…頑張って下さい」

と激励の言葉を頂いた。私は一礼して、人事課長と部屋を出た。

すると人事課長は、胸ポケットから茶封筒を取り出して私に渡して、

「これは東京駅から京都駅までの新幹線の切符だ。希望が叶ってよかったね。明日はゆっくり休んで、七月三日に出社すればいい」

「有難うございます」

そして、玄関まで送ってくれた。

「それじゃ、気を付けて」

「有難うございます」

と言って私は玄関を出た。

新幹線の車内で、物事が思うように進んで人の優しさに触れたせいか、誰かにという訳でもなく、感謝したい気持ちでいっぱいになった。三ヶ月ぶりに自宅に帰ると、母が出迎えてくれ、

「お疲れさま…大阪に決まってよかったね…今晩はご馳走ね。腕によりをかけて頑張るわ」

と満面の笑みで言った。

また、父が珍しく夕方五時過ぎに帰宅したので、三人で楽しく、食卓を囲んだ。

七月三日、大阪支店のシステム課に初出社すると、システム課員全員

と課長そして部長に歓迎され、

「本社のシステム部長から『くれぐれもよろしく、期待しているんだ』という言葉があった…私も期待しているよ」

と部長の言葉を頂き、私は、

「死にもの狂いで頑張ります…どうかよろしくご指導下さい」

と言って、全員に向かってお辞儀した。こうして、私は社会人として、順風満帆にスタートしたのだった。

大規模なシステム開発はプロジェクトチームを作り、中心にチーフを置き数人でそれぞれ分担をするのだ。私の初仕事は、チーフについて、分担して作成されたシステムの繋ぎ部分のチェックだった。それは簡単なようだが重要な仕事だった。それを見て私が、

「一人で作成する方がいいのでは」

と口を挟むと、チーフは、

「その通りだが、システム開発の納入期日があって一人では無理なんだ」

と苦笑いをして言った。この仕事をしていて気付いたことがあった。というのは、私は繋ぎ部分だけでなくすべてを見直していた。

コンピューター処理で最もミスが多く発生するのは、データー入力というか、人間の操作ミスがほとんどだと考えていて、操作は単純で簡単に、また入力データーがあり得ないかどうか、機械がチェックして再入力させるとか、考えられる操作エラーを予測して、エラールーチンを用意しておかないと、機械はデッドロックしてシステムがストップするリスクがある。だから、正規のシステムは一度理解すれば簡単に作れるが、システム開発の依頼をしている企業の担当者と、最も時間をかけて検討すべきだと感じた。そして、業務を運用してからデッドロックが起き、システムダウンして大騒ぎになるシステムは絶対に作らない、というのが私の信念になったのである。

10　チーフからリーダー

入社後、五年が過ぎた頃には、プロジェクトチームのチーフとなることが多くなった。

この頃、チーフになったことも要因なのだが、仕事が増えて多忙になった。日中は打ち合わせに追われて肝心の仕事が遅れた。なんとか、残業でカバーしていたが、納期に追われて多忙になっても、丁寧にきっちり仕上げる私にとって、仕事に妥協はなかった。この時、新人の頃に聞いたチーフの「納期」という言葉を思い出していた。

その後、私とメンバーらに土日、祝日の休みを取れない日々が続いた。このような生活が三年ほど続いたある日、東京から転勤でやってきたのは、後輩の岡村という男子社員だった。部長によると、なかなかの逸材で、君に立派なＳＥとして育ててほしい、とのことだった。この忙しい時に、お荷物なんか預かるなんて、と思っていた。ところが彼は茶目っ気のある、大阪でいう「おもろい男」だった。そしてSEとしては、いいものを持っていた。私は彼を、早く一人前にして戦力になってもらおうと思い、わざと難しい部分とか手間の掛かる部分を重点的にやらせた。私がいないところで、すごい扱《しご》きだと、彼はぼやいていたらしい。だがその甲斐があって、いつしか私の右腕になっていた。そして、彼のお陰で、土日、祭日の出勤はなくなったのである。

四月で入社十年目になろうとしていた矢先の三月の初めに、システム部長室に呼ばれた。部屋に入ると、部長と課長が並んでソファーに座っていた。

課長が「君も座りなさい」と言ったので、テーブルを挟んで向かいのソファーに私が腰かけると、部長が、

「君は、ここへ来て、もう十年になるんだね…本題に入る前に…君の社

内での評判なんだが…システム開発にすごい信念を持ってるそうだね」

「はい…」

「システムの運用時において、システムダウンするほとんどの原因は人為的なものだとして、人のデーター入力処理時そして人の機械操作時の部分のシステム設計に、最も時間と手間をかけるそうだね」

「はい、その通りです」

「そのため、プログラムのステップ数が増えて、時間を費やしていると言っている…」

「その点は分かるのですが、データー入力者が誤りがなく作業でき、簡単な入力ミスはプログラム（機械側）でカバーすればいいのです。機械操作については、考えられるミスを会社の業務担当者と何度も検討して、それらのエラーに対し、プログラムでそのエラールーチンを作り、コンピューターのデッドロックを防ぐ役に立つのです…人にミスはつきものですから…」

「うーん…そうだな…システム開発者側では、予測できないエラーは仕方ない…エラーが発生してから、直さざるを得ないと考えている」

「銀行でそんなトラブルが起きれば、信用問題になるでしょう。私は、システム設計者として許し難いことだと考え、そこに最も重点を置いています」

「そうだろう。私がシステム開発を依頼した経営者と会ったり、又聞きした話だが、君がチーフで開発したシステムの運用で、機械を使う担当者から評判がいいと、喜んでいたな…なるほど…」

と部長は頷いた。すると課長が、

「私も、システムを運用している業務担当者から評判がよく喜ばれていると、業務課長から聞いたことがあるよ」

と私の方を向いて言った。次に部長が、

「君の仕事ぶりには感謝しているよ…そろそろ本題に入ろう。実は、本社のシステム部長が、四月には常務取締役になられるのだが、『山中さんは頑張っているかい？　この四月に、本社のシステム部へ女性のＳＥとして迎えたい…もちろんポストも考えている…彼女は勤務地の希望を大阪にしていることは知っているが、何とか説得してくれ』とおっしゃっているんだ。君を失うのは困るんだが、話を受けてくれるかい？」

「そんな風に考えて頂いて嬉しいです…本当に光栄な申し出なんですが…申し訳ありませんがお断りします…大げさですが、この仕事に命をかけているんです…大阪で」

するとと部長は「うーん」と言ったきり黙ってしまった。課長は驚いて、

「えっ！　こんないい話はないよ…断るなんてもったいない…」

「私は事情があって、自宅から通える大阪を選んだんです。それにスペシャリストと呼ばれるこの仕事が大好きで、私にとって天職だと思っています。定年までこの仕事を続けたいんです…とにかく、今の仕事が生きがいなんです」

課長は笑顔になって「嬉しいな。君が居てくれると百人力だ」と勝手にもち上げて言った。

その後、私はシステム開発のプロジェクトチームのチーフを統括するリーダーに就任した。そのため、各プロジェクトチームのチーフが持ち込んだシステム設計書のチェックに追われるようになり、仕事が毎日忙しくなったが、ポイントのチェックを重点的に行ない、充実した日々が続いた。残業も続いたがマイペースで仕事を消化し、仕事とプライベートは、メリハリをつけて区分した。だが仕事では決して妥協はしなかった。

ここで、プライベートな話をしよう。休みの日には、友達と一泊二日の小旅行や、友達の彼と三人で飲みに行ったり、友達の彼や彼の仲間と飲みに行く機会があり、出会いはあった。しかし父がいつも言っていた、「高野悦子さんが出会った男性が、思いやりや優しさそして誠実で責任感のある人だったならば、自殺することはなかった」

という言葉が絶えず頭の中に刻まれていて、友達にはなれても恋愛対象の人と出会うことはなかったのである。

11 体の異変

入社して十五年経った三十七歳の頃に、私は体に違和感を覚えた。それは、利き腕でない右腕や右足に微かな痺れを感じていたことだ。残業が続いていたこともあって、正確には覚えていないが、それは二、三ヶ月前から感じており、疲れからだと思って放っておいた。

しかし、その症状は改善することはなかった。病院へ行こうかと思ったが、仕事も忙しく放っていた。病院といえば会社が実施する、年一回の健康診断に行くぐらいで、しかも健診で再検査ということは、一度もなかった。

何もせずに一ヶ月経った頃には、両足にも痺れを感じるようになった。

私は今まで、自分に関わる物事は、自分で考え判断し実行してきた。だから、両親や友達にも相談したことは一度もなかった。病院で診てもらおうと思ったが、未だに何科へ行けばいいのか分からず、また仕事では大手の銀行のシステムの開発が山場を迎えていたこともあり、病院へ行くのは、更に先延ばしになった。

残業が続いたこともあるのだろう、最近は痺れもひどくなり、熟睡できない日々が続いた。システム開発が終わり、定時に仕事を終えて、とにかく、家の近くの整形外科へ立ち寄った。

「あなたが来るなんて何十年ぶりかな…確か中学生の頃だね…大活躍した運動会で足の骨にヒビが入った時以来だね」

と医者は、私の心配をよそに笑顔交じりに話した。

「先生、この痺れの原因は何ですか？」と尋ねると、

「残業続きで運動不足になって、体の血流が滞ってるんじゃないか…どこも異常ないよ…運動すれば直るんじゃない…念のため血流をよくする

薬を出しておこう」

とのことだった。

家に帰って、薬が入った袋を覗くと赤い錠剤が入っていた。

私が病院へ寄ったことを知った母は、

「病気に縁のないあなたが…まあ喜ばしいことなんだけど…鬼の霍乱《かくらん》だね」と笑った。

12　特別休暇

それから、私は処方された錠剤を二週間の間、飲み続けたが効果はなかった。それどころか、左足に何となく脱力感を覚えた。

私は何か胸騒ぎを覚えたが、自分ではどうしようもなく、初めて父に相談した。すると父は、何かピンときたのだろう、一瞬、顔を曇らせたが、普通に戻って、

「K大附属病院に、知り合いの神経内科医がいるんだ…連絡しておくから、日にちが決まったら君に言おう」

「神経内科？」と言うと、

「そうだよ…その日は会社が忙しいかもしれないが、必ず休むように」

父には珍しく、強引に言われた。

それから、数日経って、父が私を書斎に呼ばずに、私の部屋にやってきて、ノックをするや否や部屋に入ってきて、

「裕子！　体調はどうだ？　…あさって九時に決まった」

と言って、私の返事も聞かずに、部屋を出ていった。

翌日、出勤してすぐに、何も書かれていない有給休暇表の一行目に、明日の休暇を書いて、課長に渡した。すると課長は、判を押しながら、

「珍しい…どうかしたの？」

「ちょっと…病院へ…」

「君が…ますます珍しい」

「よろしくお願いします」と言って席に戻った。

その日の昼休み、天気は良かったが、昼食を終え、システム課の部屋にあるソファーに座り、ぼんやりとこの前の父の挙動を、なぜだろうと考えていると、突然システム部長の声がした。ソファーの後ろから、

「ちょっと、私の部屋に来て」

「はい」

と言って、私は課長について部屋に入った。ソファーに課長が座って、その向かいのソファーに、部長に促され座った。部長が、

「私が気に留めていなかったのか、君は法事以外、休んだことがないんだね」

「いえ、土日は休んでいます」

「そりゃそうだが…病院で診てもらうそうだね」

「はい」

「どこか、体調が悪いのかね？」

「単なる疲れだと思います…」

「大きな仕事が次々とあったからね…残業も続き、大変だったろう…仕事もひと山越えたし、君の今までの働きを勘案して、うーん、思い切って…君にリフレッシュ休暇を一ヶ月あげよう」

すると課長が驚いて「えっ？」と言ったが、部長はそれを無視して続けた。

「君は確か…学生時代にワンダーフォーゲル部に入っていたそうだね」

「はい」

「この一ヶ月の特別休暇を利用して、野山を巡り英気を養えばいい」

「有難うございます」

この会話を聞いていた課長が口を挟んだ。

「そんなに長い特別休暇は例がないですよ」

「あるよ」

「えっ！　いつでした？」

すると部長は、人差し指を課長の鼻先に近づけて、

「い…ま…だ！」と言って笑った。

13　大学附属病院

診察の当日、K大附属病院の一階にある、総合受付に着いたのは、午前八時半過ぎだった。私は、大きな大学病院を訪れたのは初めてだ。その受付で保険証などの手続きを済ませ、父に紹介された、

「神経内科の中川先生はどちらでしょう？」と尋ねると、

「まず三階の内科の窓口へ行って下さい。入口の横に案内板があります」

と言われ、案内板を見てから、エスカレーターで三階へ上がり、内科の受付を探した。まだ、九時前というのに内科の受付へ行くと五、六人が並んでいて、広いフロアの何列もある長椅子に、たくさんの人が座っていた。

ぼんやりしていると、「次の方」という声で気が付くと、受付の女性と目が合った。このような場に不慣れな私は、

「あの～神経内科の中川先生のお部屋は？」

すると、受付の女性が、

「今日、中川先生の診察はお休みですよ」

私が「えっ」と言うと、受付の奥にいた女性が、「失礼ですが、山中さんですか？」

即座に「はい」と、答えると、

「先生からお聞きしています。向こうの三〇六号のブースへ行って下さい。九時ということでお待ちになってます」

急いで、私はそのブースに向かった。ドアをノックすると、中から、

「どうぞ」と言う声がした。

中に入ると、先生が椅子に座ったまま、こちらを見て、

「この椅子に座って」と言ったので、先生と向かい合わせの椅子に座っ

た。すると、じっと私を見て、

「君が裕子さん？　お父さんから君の自慢話を聞かされているよ……。ところで今はどんな状態ですか？」

私は、体に違和感を覚えてから一年近くの、体の変化をこと細かく話した。すると、先生は、「うーん」と言ったきり、目を閉じて黙ってしまった。私はこの沈黙に耐え切れず、

「先生…私は何かの病気なんですか？」

「検査してみないと…何とも言えないね」

と言って、私に透明なＡ４サイズのファイルを渡し、

「ここに調査表が入っているから…大変だけど、検査を受けたらまた戻ってきて下さい」

「はい」

私はそのファイルを持って数か所を回って、一時間程で戻った。すると先生は、

「慣れない検査で疲れたでしょう…一週間後の朝九時にここへ来て下さい」

私は、「先生、診察はお休みだったんでしょう。私のために…」

「いや、君のためなら、君のお父さんの頼みなら喜んで」と言って笑った。

私は、「有難うございました」と言って部屋を出た。

翌日、会社に行くと課長が傍らに来て、

「どうだった？」

「来週には分かるそうです」

「そうか」

と言って課長席に戻った。

14　病気

一週間後に病院へ行くと、大学へ行ったはずの父が先生と話をしていた。

私が驚いて「どうしたの?」と言うと、父は先生と強ばった表情で話していたが、私の方を向くと、無理やり笑顔を作って、

「今日は午前中、休講にしたよ」

「どうして?」

と言うと、先生が割り込んできて、

「ちょっと、ややこしい病気なんだ」

「えっ!」

すると、先生は父の方を向いたあとに私の正面を向いて、

「この病気は……ALSといって普通は五十代から七十代で発症するん

だが…君の場合は少し早いようだ…」

「先生！　どんな症状が出て、その後どうなるんです？」

私はつい動揺して、早口になった。

「う〜ん……個体差…個体差があって一概に言えないんだが…」

と言って、言葉を失った。すると、今まで沈黙を守っていた父が、

「いずれ分かるんだから…話してくれ…裕子は気丈だから」

と振り絞るような声で言った。また沈黙が続いた。

私は思い切って一番気になっていたことを聞いた。

「私の両手両足の痺れはどうなるんです？」

先生はしばらく考えていたが、重い口を開いた。

「この病気は、脳からの指令が届かなくなって手足が動かなくなるんだ」

「ということは歩いたり、物を掴めなくなったりするんですね？」

と私はなんともいえない気持ちで言った。そして、父や先生の様子を
見て、まだ何か隠してる事があるんだろうと直感的に思った。

私は更に続けた。

「先生！　包み隠さず話して下さい」

私は先生の顔を食い入るように見据えた…そして待った。しばらく間があったが、先生は意を決したように話し始めた。

「…一概には言えないのですが、この病気は進行が速くて四〜六年程で亡くなる人や、人工呼吸器を付けて二十年以上生存される人、人工呼吸器なしでも生きられる人、進行の遅い人もおられ…よく分かっていないんです」

「この病気は、体の全機能が働かなくなり死に至るのですね」

「いえ、視力や聴力や内臓器官、そして体の感覚などは正常なんです」

「とすると、意識して動かしたり、止めたりできる機能は働かなくなるが、意識せずに動く部位は正常だということですね」

「はい、おっしゃる通りです」

私は、なるほどと思った。そして、

「だから、意識せずとも働く呼吸、また意識して止めることができる呼吸は特別で、呼吸ができなくなる人と正常な人がいるんですね」

先生は「そうです」と言って頷いた。最後に先生は、

「この病気の治療法は何もないが、病気の進行を抑える薬があります。どうするかも含めて、定期的に来院して下さい」

そして、父ともども「有難うございました」と言って部屋を出た。

父とは言葉を交わすことなく、父は大学へ行き、私は町中に出かけた。

私はひとり河原町通りをぶらつきながら、ウインドーショッピングをする訳でもなく、先生との会話を思い浮かべ、この日初めて自分の死を考えることになった。今まで、たいした病気もせず好きな仕事に明け暮れて、死というものを感じたり考えたりしたことはなかった。しかし、今、死ということが身近になり、何ともいえない寂しさ、死の恐怖とか死ぬとどうなるのかと、考える自分の弱さを思い、心の動揺が恥ずかしかった。

確かに死は身近になったが、今日明日ではないのだから、意識しないようにと決めた。ただ、意識しなくても、いつかは直面しなければならないのだ。考えてみると、人間は誰でも「オギャー」と生まれてから、死へ向かって歩んでいるのだ…。どんな病気でか、事故でかは分からない。

私は考えた。死を意識する訳ではないが、明日は必ずあると思わず、今日全力でやるべきことに、精魂込めてやり遂げる…これからの人生はこの「死生観」をもって、進もうと心に決めた。

そして私は、先生との会話を反芻していて、ある仮説が頭に浮かんだ。それは、人工呼吸器を使わなくても大丈夫な人がいる。先生は何度も個体差があるので、誰でも同じようになるとは限らないと言っていた。

そこで、完全に自律神経で働く臓器…例えば、心臓を脳の指示で止めることはできない…そういうものは正常なのだ。また脳の指示（自分の意思）で動かせるものは機能が停止してしまう。それは目と耳は、見たくなくとも聞きたくなくとも、見えて聞こえる…これは正常。喉と舌は勝手に働かず脳の指示による…だから機能が停止する。

ここで、ややこしいのが肺の呼吸筋だ。自分の意思で止められる、また自律神経で働いている、この両刀使いの臓器に注目すると、正常の人、機能停止する人がいても不思議ではない。ということは、脳が指示（動かそうと意識する）する時は何かホルモン（運動ニューロン）が、原因は分からないが働かなくなり、指示が伝わらない。だが自律神経なら働く…すなわち、意識すると働かないが、無意識なら働く…それをうまく使えば…例えば、私は今、色々考えながら河原町通りを南へ歩いている。歩き始めは、足に意識がいっているが、考え事をしていると意識はしていないのではないかと考え、手足を動かす時は、動き出したら意識しないようにすれば、この病気の進行を、少しでも遅らせるのではないかと思ったのだ。

15　周遊券

気が付くと、四条河原町まで歩いていた。K大附属病院で父と別れ、ゆっくりと歩いていたらしく、時計を見ると十二時はとっくに過ぎていた。頭の中は病気のことでいっぱいで、食欲はなかったが、喉が渇いていた。

近くの喫茶店に入り、コーヒーセットを頼んだ。ゆっくりとコーヒーを味わってから店を出た。そして、また歩いて京都駅へ向かった。この日から一ヶ月の休暇をもらったので、どこへ行こうか色々迷ったが、駅構内のみどりの窓口へ行って、北海道へ行くことを決めた。そして、行きはゆったりと夜行列車で、帰りは新千歳空港から飛行機で帰る二十五日間有効の立体周遊券を購入した。そして、気分を変えようとケーキを買って、バスで帰宅した。

家の玄関を開けると、母が心配そうな顔をして立っていた。

「お土産」とケーキの箱を渡すと、ほっとした顔になって、「お帰り」と笑った。

その夜、父が帰宅すると、すぐに私の部屋の前にやってきて、ドアをノックして入ってきた。

父が、「どうだ…」と言ったその時、ドアをノックして母が入ってきて、

「リビングで、裕子さんが買ってくれたケーキを頂きませんか」

「それは有難い…着替えて来るよ」

と言って、部屋を出ていった。リビングに行くと、ソファーの前のテーブルにケーキやフォークが、それぞれの皿に載せ置かれてあった。ソファーに座っていると、父がやってきて、私の向かいのソファーに座りながら、

「美味しそうだな…イチゴケーキは裕子、アップルパイは母さん、チョ

コレートケーキは私だな…」

母が紅茶の入ったカップをお盆に乗せてやってきて、

「裕子さんは、みんなの好きなケーキを覚えているのね」

と言いながら、お盆からカップをテーブルに置いて、お盆を台所に戻し、そして、私の隣に座った。

三人が揃ったところで、「頂きます」と声を合わせると父が、

「久しぶりだな…三人揃って頂くのは…裕子は残業続きで忙しかったからな」

「本当だわ」

今日の父母は多弁だった。

ケーキを食べながら、私はふと思った。それは高野さんの言葉だ。

「独りであること、未熟であること、これが高野悦子の二十歳の原点である」

私の三十八歳の原点は、ひとりではあるが、父母の愛に恵まれ、天職

に恵まれ、更に上司にも恵まれ、幸せいっぱいなのだ。だが、人間としては未熟である。そして、不治の病で死が現実のものとなっているのだ。

など、ぼんやり考えていると父が、

「どうした？　裕子、浮かぬ顔だな…」と。

母が、「裕子さんは、今日から一ヶ月の休みをもらったんですって…」。

「そりゃ、いいね…その一ヶ月どうするんだ、裕子…」

「せっかくなので、一ヶ月かけて北海道へ旅に出ようと思ったの…自由で気ままな、行きあたりばったりの旅に…」

「そうだな…裕子は生まれてから今日まで、凛として真っすぐに前だけを見て、頑張ってきたんだ。魚でいえばまるで『まぐろ』みたいだね…絶えず泳いでいる…。楽しんでくればいい…」

「明日から行きます…行きはゆったりと日本海沿いに夜行列車で、帰りは飛行機で帰ってきます」

「気を付けて行ってらっしゃい。…絵ハガキ下さいね」

と母が締めくくった。

今晩は、私の病気の話は一切せず、楽しく一家団らんは過ぎた。

16 北海道

北海道へ出発の日の夜、京都駅から夜行列車に乗り、ガタゴトと揺られながら、前日の診察の結果を思い出した。

この病気が進行し、最後には人間としての頭脳と、動物としての生きている感覚と、目そして耳だけが正常で残り、肉体は寝たきりとなり、話せずまた食べられず、そして死を迎える…この旅では、すべて忘れて思いっきり楽しもう…と考えている間に眠ってしまった。

札幌駅に着くとすぐに、バスで朝里川温泉へ向かい、温泉に浸かり身も心もゆっくり休めて、ご馳走を食べて穏やかな日を過ごした。

明日はどこにしようかな…。今は夏だから、夏山だったら一人でも安全かな…大雪山系はワンダーフォーゲル部の仲間と登った…それでは、前から気になっていた「利尻山」を登山しようと決めた。翌日は札幌から稚内までで日が暮れる…宗谷岬でゆっくりして、夜は海の幸で舌鼓だ。稚内の旅館で仲居さんと話がはずみ、利尻島へ行って夏の利尻登山の話題になったが、

「利尻山は夏でも厳しい登山になるから気を付けて」

とアドバイスをもらった。

稚内から利尻島まで、フェリーで半日が潰れたので、登山を翌日にした。

翌朝、天気も良く絶好の登山日和だった。ホテルで弁当を頼み、意気揚々と出かけるまでは良かった。

体の異変は突然やってきた。登り始めて、しばらくしてから、足に力が入り難くなったのだ。

仕方なく、登山は中止して島を取り巻いている道を歩いて、麓から利

尻山を望むことにした。それでも、姫沼から望む利尻山は素晴らしかった。その場所で、弁当を味わった。

ホテルには、足を休めようと早めに帰った。その時、支配人と出会い登山の中止を話すと、高山に登らずとも、高山植物が見られるという、礼文島を紹介され、その翌日に行くことにした。

早朝、ホテルを出発しフェリーで利尻島から礼文島に渡った。そして、遊歩道を歩いて、道端の高山植物を鑑賞した。

この日は、久しぶりにユースホステルに泊まった。ペアレンツや大学生達と出会い、山々を巡る予定が足の不調で取りやめになった話をすると、「湖もいいですよ」と推奨され、湖の名を教えてもらった。一番は摩周湖、次に知床五湖、そして然別湖、オンネトーなどであった。

大学生と話が弾み、あの頃を思い出して気持ちが穏やかになったのだ。そして、全くの行きあたりばったりになったが、ここで方針を変更した。私の大好きな山歩きはやめる。学生の時とは違って今はお金はある、時間もあるという訳で、あまり足を使わずに、バスやタクシーを利用して、北海道の自然を巡り、温泉地を回り、夜は温泉巡りをして、ご馳走を味わうことにした。

しかし、本音を言えば、段々体が不自由になって、今まで出来ていた事が出来なくなる、辛さが身に染みた、いや悔しかったのだ。

結局、訪れた湖は摩周湖、知床五湖、支笏湖、洞爺湖、屈斜路湖、阿寒湖、然別湖、糠平湖、クッタラ湖、サロマ湖、オンネトー、そして大沼公園だった。温泉は登別温泉や洞爺湖温泉、そして秘境の温泉などだった。

京都へ戻ったのは、京都を出発してから二十五日目だった。自宅には土産として、函館で買った毛ガニ、ホッケ、いくらなどの海産物を宅配便で送った。父には木彫りのヒグマの壁掛け、そして、母には礼文島で買った「めのう石」のブローチを選んだ。

戻った翌日の夕方、私は両親に、Kホテルでのフランス料理のフルコースをご馳走した。病気の症状が進むのを感じる中、体が動ける間にと、両親に少しでも孝行しようと、計画したのだ。

17　出社

一ヶ月の休暇の後、久しぶりに出社すると課員全員に迎えられ、なんだか新人になった気分だった。私は、

「皆さん！　ご迷惑をお掛けしました。リフレッシュした心身で、以前より更にお役に立ちたいと思います。よろしくお願いします」

と言って一礼した。

課長には、「お土産です」と言って、北海道産の牛乳などで作ったクッキーセット、そして木彫りのヒグマの壁掛けを渡した。

課長は、「有難う、病院の結果……」と。

私は慌てて、課長の口を押えて、小声で、「大事なお話があります」

と、部長室へ誘った。

ノックして部長室に入ると、部長が笑顔で、

「おっ！　来たか…。待ってたよ。リフレッシュは出来たかね……」

課長が、「大事な話があるそうで」。

「ん……」と言って、部長は私の顔を見た。

私は「部長！　長い休暇を頂いて有難うございました、お土産です」

とリュックサックの中から、大きな木彫りの鮭をくわえたヒグマの置物を出し、部長に渡した。

「有難う…話って何だね？」

と言いながら、熊の彫り物を机に置いてソファーに三人で座った。

私は、少し躊躇したが、

「この前の診察の結果なんですが…話そうかどうしようか、迷ったんですが…。いずれ分かることなので、正直に申し上げます。ＡＬＳという病気なんです」

課長は驚いて「えっ！　ＡＬＳ!?」と叫んだ。

「声が大きい？」と言うや、課長の口先に人差し指を立てた。そして、

「…それは…難病だね…」

「私は、この仕事を天職だと思っています。会社に迷惑にならないよう

…仕事を続けたいのです…そして課員には、しばらくの間は秘密にして

頂きたいのです」

「よし！　分かった…課長もいいね」

「はい、分かりました」

「山中さん！　だけど無理をしちゃだめだよ」

「有難うございます、頑張ります」

と一礼してから、部長の部屋を出た。

私が席に戻ると、みんながガヤガヤと集まって、どこへ行ったのとか

言っていると、よくちょっかいをかけてくる後輩の岡村が、

「熊の彫り物と鮭と言えば、北海道だろ…そうですね、先輩」

また事務の女性が、「このクッキーだって北海道の名物ですね」と。

私が「正解！」と言っていると、課長が、

「仕事だ！　仕事だ！」

その声でみんなは、蜘蛛の子を散らすように席に戻っていった。

18　リーダー辞退

その後一年が経ったが、体の異常は、足に集中していて、痺れはそのままだが、両足の脱力感を感じる頻度が徐々に増えてきた。ただ、困るというか辛いのは、夜中に足が痛むことがあり、寝不足になることだった。

一年ぶりに、K大附属病院の中川先生を訪ねた。

先生に、「どうですか?」と聞かれ、私が、「足が痛むことが多くなりました」と答えると、

「あなたは下肢の運動ニューロンの働きが悪いようですね…だけど、あなたは進行具合がゆるやかですね」

「良かった」

「だが油断はしないで下さい…気を付けて」

「はい、気を付けます」

と少しは気持ちが落ち着いたのだった。

それから、二年が経って四十歳を過ぎた頃、あることに気が付いた。それは、足に脱力感を感じた後で、足に痛みを覚えることだ。そして、太腿が少し痩せたように見えた。徐々にではあるが、確実に足が弱くなっていくのを感じると、何か虚しさと歩けなくなるのはいつなのかと考えて、不安と苛立ちが募るのだった。ただ、仕事はいつも通りで、順調だった。このことは幸いだった。

さらに、二、三年経つと、普通の平坦な道で、突然倒れることが時々あった。また電車の乗り降りで、車両とホームの段差が気になるようになり、電車に乗り遅れそうになった。階段を駆け上がろうとした時、思ったように足が上がらなかったのだろう、躓いて思いきり膝小僧を打った。それ以来、階段の上り下りは手すりを持つようになった。

そのうちに、階段の上り下りが辛くなり、悔しいがエスカレーターを利用するようになった。更に、困ったのは、今まで何でもなかった道路での歩行が大変になった。最も大変なのは、目の不自由な方には申し訳ないのだが、道路だけでなくホームまで、あの黄色い凸凹に躓くことがあり、危険を感じることが何度もあった。そして筋肉が破壊されるにつれ、足の痛みが酷く、眠れない夜が続くようになった。

このことで、仕事に影響が出始めたのだ。それは、仕事中に集中できなくなってきたのだ。酷い時は休む日もあるので、リーダーとして責任がもてなくなり、

「リーダーを辞退したい」と部長に申し出た。

「いや、大丈夫。今まで通り」と言われたが、

「どうしても、お願いします」と重ねて言うと、部長は、私が言い出したらきかないことを知っていて、新しくサブリーダーの職位を作って、「サブリーダーとして、頑張ってくれ」と肩を叩いて笑った。

19 障害者支援センター

どうしても痛みが和らがないので、思い余って中川先生を訪ねた。私が今の状況を話すと、

「大分、進んだかもしれないね、歩行は危険だと思う…障害者支援センターへ行って相談すればいい。私が診断書を書いておくから。また痛み止めの薬を処方しておこう」

「先生、今のお話だと…車イスを利用すれば…と聞こえるんですが…車イスを使うと、よけいに歩けなくなるのが早まるのでは？」

「いや、万が一、転んで骨折でもしたら…もっと大変になるよ…」

「…はい」

どうせ歩けなくなるのは時間の問題だから、仕方ないと思った。

早速、家に帰る途中、障害者支援センターを訪れた。受付で事情を話すと、しばらくして、会議室に案内され、担当者がやってきて、

「車イスを利用されるには障害者手帳が必要です、手帳を取得するには、診断書とあなたの写真を持って、区役所で手続きをして下さい」

と言われた。

区役所へ行く途中、インスタント写真を撮り、区役所の受付へ行った。後日に、障害者手帳を家に郵送するとのことで、今日の用事は終わった。

家に帰ってから、部屋で心を静めじっくりと考えた。

先生が言われるように、車イスを利用しないと、転んだりして骨折でもすれば、大変だということは理解できる。だが、今までの経験から、痛みがあるというのは、まだ筋肉が残っている訳で、残っている筋肉を上手に使えば、もう少し歩ける。だから、車イスの手配はしておくが、

利用は歩けなくなってからにしよう。そして、足の痛みは処方された薬で頑張ろうと決めた。

そして、「病気の進行がだいぶ進んでますね」と先生に言われ、それを実感している私は、この病気の最終段階の症状が近づき、現実的になった今、あることを計画して実施することを決めた。

それは最後に残される視力と聴力を使い、人とのコミュニケーションを取るための電子機器やパネルなどの準備、そして、それらを繋ぎ操作できるソフトの開発に着手した。

それに、前から予定していた、寝たきりになった私の介護を、両親にお願いすることを避けるため、別居するマンションの購入の準備も始めた。別居しても、両親との交信を密にするのに、タブレットを購入し、「LINE」のビデオを使えるように用意した。

最後に、最も大事な私の最期のシナリオの準備に入った。…しかし、両親が健在の間は実施しない予定だ。

　ここで、私が常々思っていることを話そう。…私が命を授かったのは偶然ではなく、奇跡の積み重ねの結果なのだ。宇宙物理学的に話すと、太陽の大きさも、地球の太陽からの距離も、地球上に生物が発生したのも、原生動物から人間にまで進化したのも、そして、代々引き継がれ、両親の間で生まれたのも、奇跡なのだ。

　そんな貴重な命を、色々な事情から自死してしまうのは、もっての外だとよく理解している。だが、この病気の最終段階では、普通の動物の世界での生ではない。人間社会だから色々な人達の助けで生きられる。しかし、私は、今までの生き方が人間らしいのであって、最期の状態は死を迎えるまでに、未熟な人から完全な人になるべき努力もできない。人間たる尊厳はないのだと思っていた。

　それならば、これ以上皆様にご迷惑を掛けられない…。今すぐ、命を絶ちたい。だが、自分ではどうすることもできない…誰かに依頼するしかない。この準備のために、ツイッターに書く文章を作っておいた。

20　電動車イス

翌日、会社へ出勤すると課長に、

「今すぐではないのですが、近い将来に、電動車イスを利用するようになります」と話すと、

「すぐに、部長と相談して、君が動き回る場所はバリアフリーの用意をしよう…」と課長は部長室へ向かった。

しばらくして、区役所から障害者手帳が届いた。真新しい手帳を開いてみると、私の障害の程度は「二級」という等級だった。

そして、支援センターへ行き、手帳を見せると、電動車イスの操作を教わり、館内の廊下、部屋を出入りし、そしてエレベーターの乗り降りのテスト運転をした。良好だと分かると、車イスの製造販売をしている

業者を紹介され、購入することになった。四十万円近い購入費用は、私が一部で、残りは京都市に支払ってもらった。

この時、私は思った。三十八歳になるまで、大きな病気もせずに来れたことには感謝したが、この病気のせいで、天職の仕事を定年まで全う出来なくなった。だが、そのために、行政機関の手厚い保護と援助を頂き、更に、皆さんの貴重な税金で助成して頂ける。私はこのことで、心から感謝の気持ちでいっぱいになった。ただ、ＡＬＳをはじめ難病が沢山あることを恨んだ。だが、私の病気との闘いは始まったばかりなのだ。

そして、私は車イスを利用せず、足の痛みの酷い夜は、処方された痛み止めの薬を飲み、頑張った。それを約二年近く続けた。

しかし、足の痛みは取れたが、足は動かなくなったのである。ただ、予定していた準備処理はすべて終えることが出来た。

前の月に区役所に申請していた、障害者へのサービスである居宅支援と移動支援の許可と、その支援内容の書類が届いた。すぐに障害者支援センターに行って、担当者に障害者支援のある介護業者を紹介して頂き、後日契約を交わした。まだ両手が使えるので移動支援だけを頼んでおいた。また、別居用のマンションは目星を付けたが、まだ購入はしていなかった。

電動車イスで、初めて会社へ出社した。

「これから車イスになります。どうかよろしくお願いします」

と課長に挨拶に行くと、課員も集まってきた。課長は、

「一年前にバリアフリーの工事は終わっていたが、やっと役立つな…。これが電動車イスなのか」

と話していると、部長もやってきて、

「これで安全だな…。頼むぞ」

と私の肩を叩いた。

部長がいなくなると、課員が寄ってきて、車イスをじろじろ見ていた

が、いつも扱いている後輩の岡村が、

「先輩、よくお似合いです…乗り心地はいかがです」

と茶化したふうに言ったので、

「こら！　もっと扱くよ…本当は歩きたいの…乗りたくないの」

と睨むと、

「ごめんなさい…お手柔らかに」

と言って岡村が席に戻ると、他の人達も席に戻った。

車イスを使うことで、外出は安全で楽になった。

しかし、下半身は不随になり、寝返りが足や腰では出来なくなった。

だが、両手で支えて、事なきを得ていた。

21　退職

五十二歳近くまで、会社には迷惑を掛けながらも、曲がりなりにも仕事を続けてきた。予測はしていたが、五十二歳になった頃から、体に新たな異変が起きた。それは、両手が弱ってきたのだ。しかも、病気の進行が早まってきた。腕の痺れが徐々にひどくなり、上腕に力が入らなくなってきた。そして、上腕が痩せて細くなり、両腕が上がり難く、痛みもあった。日に日に腕が弱るのを感じるのが辛かった。

そんなある日、手のひらや指が固くなった。それでも、指は折ったり伸ばしたりすることでキーボードの操作は出来た。ただ、ペンを持つ指に力が入り難くなって、漢字はもちろん、ひらがなが上手く書けなくなってきた。ただ、アルファベットはまだ書けた。仕事中、指を揉みながら、何とかやっていたが、キーボードが打てなくなってきた。車イスの操作は、手のひらと固くなった指を上手に使って出来た。しかし、時間の問題だった。

私は、これまでと決めて、悔しいけれど退職届を出した。さすがに、部長でも、いや…去年に役員になられたのだが…如何ともし難く、退職届は受理された。

部長になられた課長は、残念がって、「惜しいな…」と呟いた。

帰宅して父に話すと、

「裕子！　その体でよく頑張ったね…ゆっくり休めばいい…そうだ、年金の受給はまだ先だろうが、障害年金の受給の手続きをすればすぐ貰えるよ」と教えてもらった。

翌朝、私は社会保険事務所を訪ね、その手続きを終えた。

それから、退職後の色々な処理をこなし、一ヶ月が過ぎたある日に大変な事件が起きたのだ。

父は名誉教授として、週に三回ほど大学に通っていた。仕事のない私は、父が大学へ出かける朝、見送るのが日課になっていた。元気よく父が出掛けた後、母と団らんしていると、電話が鳴った。母が電話に出ると、大学からで、講義中に倒れ、病院に搬送されたという内容だった。

取るものも取りあえず、母はタクシーで、N救急分院へ向かい、私は

ヘルパーさんと車イスで後を追った。遅れて私が着くと、母は待合室の椅子に座っていた。父の様子を聞くと、

「先ほど、緊急オペは無事終わってＩＣＵに居るの」

「それで」

「命は取り留めたんだけど…後遺症の麻痺が残るそうなの」

「それでも命が助かって良かったね…お父さんに会った？」

「面会謝絶なの」と言うと、元気なく下を向いた。

しばらくして、執刀医が来て、

「もう大丈夫です。…経過を見たいので、少し入院して頂きます」

「有難うございました」と母と私は頭を下げた。

それから、中川先生の計らいでＫ大附属病院へ転院した。

ある日、父の見舞いに行くと中川先生が父と話していた。

「先生！　こんにちは…いつもお世話になっています」

「いやいや…お父さん、元気になられて良かったですね…少し麻痺が

残ったけれど」

「有難うございます」

「上肢が弱ってきたそうだね」

「そうなんです…両腕はもちろん、指も…」

「大変だろうけど、頑張ってね…ところで、障害の等級は二級ですね」

「はい」

「次に来られるまでに、診断書を書いておきましょう…手帳の更新手続きをして下さい」

「有難うございます」

と父ともどもお礼を言った。

それから、一週間過ぎた頃に見舞いに行った。すると父が、

「先生から預かっているよ」

と診断書の入った封筒を私に渡し、

「退院する日が決まった。もう少しリハビリをして、一週間後だ……。

「これから裕子の顔が毎日見られるな」

と笑顔で言った。

22　マンション購入

帰りに区役所に寄り、更新の手続きをした。家に帰る道で、母のことを考えた。父の看病で大変になるというのに、私までお荷物になってはと思い、私は予定していた通り、事を進めた。父が猛反対するなか、2LDKのマンションを購入したのだ。

そして、新しい障害者手帳が届き、等級は一級になっていた。

マンションで一人で生活できるように、障害者支援センターに電話して、担当者と介護事業所の責任者、そして私の三人で相談したいことがあると伝え、その日時を決めた。

当日、障害者支援センターへ行って、家を出て一人住まいすることを話した。そして一日のスケジュールの計画表を作って、ヘルパーさんの派遣の依頼をした。すべての準備が整ったところで、反対する両親とじっくり話し合って、ある約束を果たすことを条件として、別居が許された。

私は、両親との別居の約束として、週に一度は実家を訪れること、常時、互いに生活などを確認するため、両親には大きな画面のタブレットを購入して、無線のＷｉｆｉ装置を設置した。そして、操作の簡単な「ＬＩＮＥ」を使うことにした。喉と舌が機能しているので、「ＬＩＮＥ」のビデオ通話を使うと便利だった。

今は二十四時間ヘルパーさんが交代で来てくれて、助けてもらっている（正確には誰もいないこともある）。それは寝ている時はもちろん、車イスに座っている時も、寝返りをさせてもらっている。そして、医師と看護婦は月に一度来てもらっている。三度の食事は、ヘルパーさんが食事を用意して、食べさせてくれている。

私は昔から、食事に拘りがある訳でもなく、ご馳走を食べたいということもなかった。この生活が一ヶ月過ぎた頃には、何もせず、ぼんやりとしていると、何のために生きているのか、ただ死がやってくるのを待っている、そんな生活が耐えられなくなってきた。

更に辛いことは、私が人の助けなしでは生きられないという現実だ。手足が動かなくなった今、筋肉の痛みはなくなったが、そのため自分の体が動かせなくなり、体全体の耐え難い痛みが続くのだ。ただ、ヘルパーさんに何度も体位を変えてもらうことで、暫くは治まるのだ。

そんな折、ヘルパーさんが交代で何人も来られる。中には、色々話せる方がいると、心が休まる。

ある時、人生の生き方の話で『二十歳の原点』の本を思い出した。その本との出合いの話をした後で、持ってきた本棚の中から取り出して、読んでもらうお願いをした。仕事などで充実していた日々の中で、その本のことを忘れていた。

ヘルパーさんがゆっくりと読み進む中で、私の心に響いた言葉が色々と蘇ってきた。高野さんの言葉を聞きながら、私はまだまだ人間として未熟だと実感した。

定年になってから、自分に向き合い、人間として不完全な私を如何にして完全になれるかを一生かけて努力し、先人の本を読み深めようと考えていたが、今となってはそれも出来ない。人間失格ではないか？　このまま、死を迎えるまで生き長らえても、生きる意味がないと思うようになった。しかし、自殺もできない。また、死ぬことが出来ても、親より先に死ぬのは最大の親不孝だとも思った。

今はまだ、ヘルパーさんの助けもあり、「ＬＩＮＥ」で両親と、自分の声で話せていた。この小さな幸せは、いつまでも続かなかった。

その後、三ヶ月ほどで、喉や舌の筋肉が使い難くなってきた。話すことはもちろん、食事も喉を通り難くなった。とうとう、使いたくはなかったが、退社前に作り上げた、パソコンなどの出番となったのだ。この折、不幸は続く。

23　父、他界

父が自宅療養も虚しく、力尽きて他界したのである。母によれば、私がこの病気の末期になったことが、父は相当ショックだったそうだ。あれほど世話になり尊敬していた父の死は堪えた。

私は大変だと分かっていたが、介護業者の責任者やヘルパーさん達にお願いして、父の葬儀に参列させてもらった。お通夜には、中川先生や学生時代に世話になったという卒業生の皆さん、そして在学中の大学生ら多数の参列者があり、賑やかなお通夜になった。参列者が帰られた後、母から父の手紙を手渡された。

「裕子！　私はもうだめだ。君に病気がなければ、毎日でも顔を見られたのに残念だ。君も大変だが、母さんのことを頼む」

と書かれてあった。

私はこの体でも何とかして、時間があるのだから、毎日でも自宅へ帰るべきだったと後悔した。この手紙を母に見せると涙ぐんで、

「有難う」とお棺の方を見て言った。

私は食事を摂り難くなってきた今、断食をして自然死を考えた。

すると、ヘルパーさんが伝えたのだろう、往診の日でもないのに先生がやってきた。この先生は、私の思いなどこれっぽちも理解せず、ひどく怒って、

「私達は患者さんを見殺しには出来ない。何としても、命を助けることが最重要なんだ」

と言った。

私は今まで、自分で考え決定したことを、絶対覆すことはなかった。

二人の考え方は平行線で激論となった。

とうとう、ヘルパーさんが間に入って、

「あなたが亡くなられると、お母さんが悲しまれます」

の一声で、私は目が覚めた。

そうだ、母がいるんだと思って、黙ってしまった。

すると医師はよけいに勢いづいて、

「食事はちゃんと摂らないとね…このままだと、誤嚥の恐れがあるので…気管を切開して管を入れるか？」

私が睨むと、

「それじゃ胃ろうなら安全だし、手術も簡単だから…」

「放っといて下さい」

そして、会話に使っているパソコンの画面に怒りのマークを十個並べた。すると、ヘルパーさんは、

「他に方法はないんですか？」

「いや、これしかないんだ。二週間ほど入院すれば大丈夫です」

と言って、そそくさと帰っていった。

私には、死ぬ権利もないのかと思うと、虚しさで心が震えた。

私は入院して、胃ろうの手術を受けた。それは、お腹に穴を開けて、そして胃にも穴を開け、チューブで繋ぐのである。

母にどうしても、この胃ろうで伝えたいことがあった。それは、健康優良児で授かったこの体にメスは入れたくなかった。胃ろうの手術をしてまで生きたくはなかったのだ。

入院中、母が見舞いに来てくれた。母は、心労で前より一段も二段も痩せ衰えて見えた。

母に「大丈夫？」と言われ、喋れない私は、入院する前に用意していた手紙を、ヘルパーさんに頼んで母に渡してもらった。

「お母さん！　健康優良児に生んでくれて有難うございました。その体を、今回の胃ろうの手術で傷つけてしまってごめんなさい…申し訳ありません…裕子」というものだった。

それを読むと、母は急いで病室を出ていったきり、すぐには戻ってこ

なかった。それでも、しばらく経って戻ってくると、

「ごめんなさいね！　私は何も出来なくて…」

と、肩を震わせて涙を拭いた。

その様子を見て、私もヘルパーさんも一緒に、もらい泣きしてしまった。

24　母の死

入院中、母は何度か見舞いに来ていた。しかし私は話せないので、母の話を聞くだけだった。

退院してからは、マンションに週に一、二度やってきていた。

ところが、三ヶ月過ぎた頃から母は来なくなった。

気になって自宅に帰ると、母は横になって寝ていた。ヘルパーさんに間に入ってもらって事情を聞くと、部屋で転び腰を打って、その痛みが

残り歩きづらいとのことだった。

　例の整形外科の先生に往診してもらっているそうだが、前より少し痩せた気がして、ちゃんと食事を摂っているのか心配になり、ヘルパーさんに頼んで入院の手続きをして頂いた。

　そして病院へ見舞いに行くと、

「大丈夫…元気よ」

と言っていたが、腰の調子は芳しくなかった。

　それから、母の入院は長引いた。見舞いに行く度に、徐々に弱っていく姿を見ると心配が更に募った。そのことで頭の中がいっぱいで自分のことは忘れていた。

　そして、三ヶ月が過ぎた日の朝、母も帰らぬ人となった。

　母の葬儀は大変だった。私が喪主になる訳で、声を出さなければならない。お寺さんのご厚意もあり、数人のヘルパーさんの協力でパソコンなどの機器の用意ができた。お通夜は、近所の人達と親族だけで参列者は少なく、厳かに執り行った。

私には母を亡くした悲しみに浸っている時間はなかった。お通夜が終わってヘルパーさんだけになって、やっと母とゆっくり対面した。母には、発病以来大変な心労を掛けっぱなしだった。そのことを申し訳ないという思いでいっぱいになった。体は痩せ細っていたが、死に顔が穏やかで安堵した。

25 安楽死

私は、相次いだ両親の死でも、涙があまり零れなかった。いや、涙が涸れてしまったのだ。

これで、私にとって、失うものは何もなくなった。この悲しみの中、私は常軌を逸したのだろう。こんな私の暴走を止める者は誰もいなかった。残されたことは、一日でも早く両親の後を追うことしかないと、思い込んでいた。頭の中はそれだけになった。そのために、手段は選んでいられない。安楽死であろうが、尊厳死だろうが、もう、どうでもよかった。とにかく、早く、死を与えてほしい。

世界には安楽死というか、死のお手伝いが認められている国があるのに、なぜ日本にはないのだろうか？　日本の医療は、どんな人であろうと、どんな方法であろうと、命だけは助けようとする。命が助かった後の体のケアはするが、病気や怪我などで心も傷ついている人がいる。だが、そのケアはほとんどしない。そのフォローをすることで、死を考える人に生きる力を与えられるのではないか。それが、命を助けてもらった者にとって大切なことだ。それでも、死を選びたい人もいるのだろう。生きる権利があるなら、死ぬ権利があってもいいのではないだろうか。

日本に望むのは、安楽死を簡単に認めるのではない、カウンセラーの医師団を用意して、安楽死を希望する人と向き合い、粘り強く話し合いを重ねて、最終的には家族も含め協議して、第三者がそれを最善と判断すれば、実施できる仕組みを検討してほしい。

胃ろうの手術以来、私は看護師さんに日に三度胃ろうで食事をさせてもらっている。その時、睡眠薬を溜めて一度に飲むと、死ぬことが出来ると思いついた。…誰に飲ませてもらえるかを考えもせず…医師に、「痛みで眠れないんです」と、夕食に睡眠薬の処方を頼んだ。

「だけど、体に悪いから」と嘘を言って、睡眠薬を溜めようと試みたが、医師に悟られ失敗した。そして、次の手段を選んだ。

医師と看護師、そして出入りしているヘルパーさん全員に、

「最近、息苦しくて呼吸がし難くなった」と訴えた。

医師は何度も、人工呼吸器の設置を勧めた。

私が「もう少し頑張ってみます」と言って、わざと息苦しさを演じて、一ヶ月が経過した。

その機が熟した頃に、最も信頼できるヘルパーさんに、

「この一ヶ月で、皆さんは、私の呼吸筋が弱っていると感じているで

しょう。喉に痰や唾液が詰まって、窒息死しても、不審に思うことはないでしょう。どうか、ガーゼに水を含ませ、口と鼻を塞いで頂けないでしょうか？　このことを、私は感謝するのです」

と私は思いを込めて、熱弁いやパネルを通じて訴えた。

だが、ヘルパーさんは、

「お気持ちは痛いほど分かりますが…これは殺人です。私も含め、ヘルパー達は誰も出来ません」

と強い口調で断られた。

私に残された作戦は、呼吸が困難になって、人工呼吸器を付けるか、それとも付けずにこのまま呼吸困難で死亡するのか、この選択は患者側に決定権がある。すなわち私にあり、大手を振って死の選択ができる。

しかし、今のところ、その兆候はない。

私は呼吸困難になるまで待てないのだ。とにかく早く死を迎えたい。

何度も書くが、

「人間は完全なる存在ではないのだ。不完全さをいつも背負っている。人間の存在価値は完全であることにあるのではなく、不完全さを克服しようとするところにあるのだ」

という高野さんの言葉が頭に刻まれているのだが、今の私には、それも関係ない。ただ、一日でも早く死にたいのだ。

こうなれば手段を選んでいられない。また言うが、今まで「まぐろ」のように動き続けてきた私にとって、動けないだけでなく、皆さんのお世話なしでは生きられないという状態は、人間としてどうかの話ではない。私には、どうしても耐えられない屈辱だとしか考えられないのだ。この時、私には冷静さを抱く余裕もなく、次の手段が犯罪になることさえ、気が付かなくなっていた。奇跡の積み重ねで、この世に存在している事実さえ、頭から吹っ飛んでいた。

ここで、私は最後の決断をした。命を絶つことが出来るなら、安楽でなくて…もがき苦しんでもいい。前から計画してきたシナリオとは…。

これからの私の行動を知れば、父は怒り狂うだろう、また母は嘆き悲しむだろう。…それは、私の思いや苦しみを共感してくれる人と知り合いたい。そして…この苦しみから解放して頂きたい。これは、殺人ではない人助けなのだ。

手始めに、前に用意していた、思いを込めて作った文章をツイッターに転送して、ネットに初めて載せた。反応は早かった。

賛否両論だけでなく、私の苦しみを理解せず、暴言や中傷のような、悪質な内容も沢山あった。それればかりでなく、私の病気を知って共感される方、寄り添って励まして下さる方など、沢山あった。結局、医師と名乗られる三人に絞り、交信を始めた。どの人が信頼できるのか、慎重に何度も交信して一人に決めた。

それからは、会話のやりとりはメールにした。交信相手の方は東京在住だった。これから、どのようにして、私に胃ろうを利用して薬を注入するのかなどを、二人で相談したいということで、二十年来の付き合いの福島在住の友人と二人で進めることになった。

私には、二十四時間ずっとヘルパーさんや看護師さんそして主治医がついている。実行する日時を何度も検討して、慎重に決めた。

実行日が決まり、メールの交信がなくなって一週間が経った頃、何かに取り憑かれたように、一日でも早く死にたいと、そのことばかりで頭の中がいっぱいだったのに、実行日が決まった安堵感からか、心が静まり穏やかな心持ちになった。そして、冷静な判断力が戻ってきた。自分を取り戻したのだ。だが、死にたいという思いは変わらなかった。

その後、彼ら二人と連絡をし合う中で、どうしても死にたいという思いと、この犯罪行為の罪悪感が、どこか心の片隅で葛藤していた。

死ぬ権利はあると思っているが、この国では合法だと考えていない。私が死んだ後で、彼らは必ずや逮捕され、罰せられるのだ。私のせいでそうなると考えると、心の中で、死にたい思いと罪悪感で揺れ動いた。

26　ホーキング博士

そんなある時、夕食の胃ろうが終わり、ヘルパーさんに体位を変えてもらい、寛いでテレビを見ていた。ヘルパーさんが気を利かせて、私が興味を持っている量子力学などの物理学の世界で、多くの謎があるという特集番組のチャンネルに変えた。

しばらく見ていると、ブラックホールの話題になって、イギリスの宇宙物理学者で教授のホーキング博士が出演していた。私は宇宙物理学にも興味があり、彼のことは知っていた。当時の彼は難病と闘いながら、七十五歳で現役なのだ。ただ、彼の病名は知らなかった。この時、彼の病名はＡＬＳだと知った。そして、私のように目と耳そして頭が健在であった。

その瞬間、全身が稲妻に打たれたような、大きな電気ショックを受けた。そして、体中に熱いものが流れ感動が伝わった。いつも、口先では未熟であると言っているが、今こそ、我が身の未熟さを痛感し、冷や汗が出た。私は目覚めたのだ。彼は私と同じ状態なのに、それでも研究を続けている。

私が天職と思っているSEの仕事のお手伝いが少しでも出来れば、水を得た「まぐろ」になれる。仕事が出来れば前の自分に戻れる。私は思いつくと、何でもすぐに実行に移す癖がある。今はあの時と状況が違う…。無理かなと思ったが、もう止まらなかった。

Z電気の大阪支店で世話になった部長、今は専務だ。藁をも掴む思いでお願いしてみようと決意したのだ。

翌日、ヘルパーさんに頼んで電話をかけてもらった。

受付の人が、

「Z電気大阪支店でございます」

「昔、お世話になった山中といいます…専務さんに繋いで頂きたいのです」

「どちらの山中さんでしょうか？」

「元社員で…専務さんが部長時代の部下だった者です」

「あのーアポイントはお取りでしょうか？」

「女性の山中といえば、大丈夫です」

「あの～」

「あの～じゃなく、とにかく繋いで下さい」

少し間があってから、

「私だ！　元気にしてる？」

「突然で失礼しました。…頭と目と耳は…すこぶる元気です」

「君の声だが…アクセントがなく平坦だね」

「パソコンの音声を、日本語の『あ』から『ん』までと、英語の『A』から『Z』までと、記号などの一文字を私の声に変えたんです」

「ふ～ん…ところで、どうしたんだね？」

「実は…実は…このような体で恐縮なんですが…ＳＥの仕事の手伝いをさせて頂きたいのです…ネットで繋いで自宅から」

「えっ！　…」

「だめでしょうか？　指でキーボードを打つ代わりに、目でボードを叩きます」

「うーん…本社の社長に聞いてみないと…私では判断できないから」

「本社の社長？」

「覚えてるかな…君が入社した時、部長だった」

「はい」

「社長がＯＫだったら、課長を君のマンションへ行かせよう」

「どうか、よろしくお願い致します…」

こうして、電話は切れた。

27　仕事復帰

私は待った。それから三日後に電話が鳴った。

「はい、山中です」

「おー！　正しく君の声だ…社長の中島だ」

「あの時の…」

「そうだよ」

「社長になられて、おめでとうございます」

「有難う…君に頼られ嬉しいよ」

「いつも、ご希望に沿えなくて…申し訳ありませんでした」

「それより、仕事の手伝いじゃなく、君に仕事をやってもらうことにした…私の独断じゃないよ、取締役会で決まった。大阪の専務に報告した…いずれ、私の代理で専務を行かせるから」

「有難うございます」

「じゃ」

と言って、電話は切れた。

社長の電話の二日後に、専務と部長そして課長がやってきた。

専務が、

「久しぶりだな…元気かとは…いえないが」

「この前は有難うございました。この通り、目は元気です。頭はもちろん、そして耳も」

部長がパソコンを見ながら、

「我が社製じゃないか。しかも最新機種だ…。このスクリーンはすごい」

「はい、五〇インチです…急遽、取り寄せたんです」

そして課長が、

「先輩、色々お世話になりました」

「岡村さんじゃないですか？　あの頃、よく扱いたでしょう…。ごめんなさい」

「そのお陰で、素晴らしいSEに育ったよ…課長にもね」

と部長が口を挟んだ。

「遅れまして、課長就任おめでとうございます。…これからご迷惑をお掛けするかもしれませんが、よろしくお願いします」

「いや、こちらこそお願いします」

私は、あの頃を思い出して、楽しい気分になった。専務が、

「部長！　仕事の話を」

「はい、あなたの体を考慮して、納期は長いが、より難しいシステム設計をお願いしたい」

「体のことは気になさらず…喜んでお受けします」

「仕事の折は、誰かを付けたいのだが？」と専務が言った。

「お気遣い、有難うございます、仕事は一人の方が…」

「いや！　その女性は新人で、君のようにSEになりたいという凄い熱

意があるんだ」

「……」

「実は、社長の意向で君のような女性のSEとして、育ててほしいんだ」

「それなら…喜んで」

と、岡村が大きなスクリーンを指さして、

「すごい！　私達の会話がスクリーンに、LINEのように表示され、同音異義語も正確に変換されているんだ」

部長が、「本当だ、すごい」。

「これは簡単なことです。みんながAIと騒いでいますが、文章の前後から同音異義語の漢字を選ぶように、仕組んでいるだけです。このスクリーンはテレビはもちろん、パソコンの画面やタブレットの画面、そしてメールの内容などを表示できます。それらは、このパネルで操作できるようにしています」

最後に専務が、「よく出来ているね」と感心して、頷いた。

その時、ブザーが鳴った。

部長が、「なんだ？」と私を見た。

「このブザーは、私の体が動かせないので、体位を変えるタイミングをヘルパーさんに知らせているんです…一定間隔で」

するとヘルパーさんが、「失礼します」と部屋に入ってこられ、体位を変えてくれた。

こうして、私は新人の彼女の手助けを受けながら、以前のようにSEの仕事に復帰したのである。

28　命

私は何もせず寝ているだけでは、人間として存在価値はあるのだろうか、また未熟な私が完全になる努力もできないと考え、死にたいと願った。だが、この宇宙で奇跡の積み重ねで、この地球に生を受けた、その大切な命を、安楽死ではなく、人間としての尊厳死を熱望するあまり、命を失くすという罪悪感、そして、その思いを遂げる手伝いをして頂く二人の医師を、犯罪人にしてしまうという罪悪感、更に、このことを知れば、父は怒り狂い、母は嘆き悲しむだろうなど、考えて葛藤した思いから救われた。まさに、大海に広がる海原に出た「まぐろ」の気持ちだった。

直ちに私は、二人に連絡を取り、私の死にたいという思いに寄り添って働いてくれた二人に、心から謝意を示して、お金では済まされないだろうが、少しばかりのお金を振り込んだ。

私が思う、この病気の最期となる人工呼吸器が必要となった時点で、仕事を終えるつもりだ。そして、人工呼吸器を装着しないと決断し、その時点で死を迎えることを決めた。

最後に、是非伝えたい思いがある。

この世の中には難病や色々な病気そして事故による怪我で、障害者になられる方がいる。決して好き好んでなった訳ではないのだ。

本当に、障害者に寄り添い大切に思ってもらえるなら、この方達の体のケアだけを考えるのではなく、心のケアを忘れないでほしい。

科学の進歩で色々な機器で体の機能を支えられれば、その方達が社会との接点をもったり、同じ趣味をもつ集まりに参加したりして、生きがいをもてるようになるのではないだろうか……。そういうサポートをお願いしたいと思う。

著者プロフィール

独好 自然（どっこう しぜん）

昭和22年3月2日、兵庫県生まれ。
香川県・愛媛県・京都府育ち。
兵庫県在住。
著書：『カニ族の青春　―知床の夕日―』（2020年　文芸社）
　　『北の国から「言わなきゃわかんないでしょ、もう～」』
　　（2022年　文芸社）

安楽死と言わないで

2024年２月15日　初版第１刷発行

著　者　独好 自然
発行者　瓜谷 綱延
発行所　株式会社文芸社
　　　　〒160-0022　東京都新宿区新宿1－10－1
　　　　　　　　　　電話　03-5369-3060（代表）
　　　　　　　　　　　　　03-5369-2299（販売）
印刷所　株式会社暁印刷

ISBN978-4-286-24911-7